María de la Luz Reyes

¿Cómo voy a hablar con Abuela?

María de la Luz Reyes

Ilustrado por
Blueberry Illustrations

LA LUZ BOOKS
San Marcos, CA

IN MEMORIAM

Isabel G. Reyes
(5 de marzo, 1908 – 29 de octubre, 1991)

Isabel G. Reyes y María de la Luz Reyes, invierno 1986.

ISBN: 978-0-9972790-1-6

LA LUZ BOOKS
985 SAN PABLO DRIVE
SAN MARCOS, CA 92078

Traducido por Maribeth Bandas

Dedicatoria

Este libro está dedicado a
TODOS
los nietos y bisnietos
de
Isabel G. Reyes
quienes aprendieron que el amor
no necesita traducción.

Agradecimientos

Gracias de todo corazón a mi marido, John, y a los muchos amigos que me apoyaron y me animaron a escribir esta historia en español. Este libro no habría sido posible sin las críticas y sugerencias de mis amigas, algunas de ellas profesoras bilingües: Maribeth Bandas, Rosa Moreno, Alma Navarro, María Enríquez y Nicole Thompson. Con ellas pasé tardes maravillosas en las que me ayudaron a perfilar y precisar cada palabra de este cuento. Josefa "Pepa" Vivancos Hernández también tuvo la oportunidad de ofrecer su pequeña, pero sumamente importante aportación. Gracias, en particular, a Amada Irma Pérez y José Chávez, por sus valiosas reseñas.

David estaba sentado en el aeropuerto viendo
a los pasajeros llegar. Golpeaba el apoyabrazos
con las uñas. Las piernas le colgaban del asiento.
Las mecía delante y atrás, delante y atrás.

—Mamá, ¿voy a poder hablar con Abuela? —preguntó en inglés.
—Sí, David. Va a ser fácil cuando la conozcas.

—¡Allí viene!— gritó Mamá.

El cabello corto y plateado de Abuela brillaba bajo las luces.
Como Mamá, tenía la piel color caramelo y los ojos oscuros.
David se las quedó mirando. Por primera vez, se dio cuenta
de que la piel de Mamá era más oscura que la de él.

Abuela se acercó con los brazos abiertos —¡**Dah-VIID**!
—Así se dice tu nombre en español—susurró Mamá.
—Mi nombre es **DAVID. DAVID HUBBARD**—David respondió
en inglés, corrigiendo su nombre.
—¡Dah-VIID… Ah..bbird!—Abuela repitió lentamente.
—En español no se pronuncia la 'h'—explicó Mamá.
—**¡NO! Mi nombre es DAVID…DAVID JAA…JAA…**
HUBBARD—exageró el sonido de la 'h' en inglés para Abuela.

—Hola, Dah-VIID JA-JA- JA...bbird. Te quiero, mi'jo. Abuela sonrió y le dio un abrazo. David no entendió la palabra mi'jo, pero no la tomó en cuenta. Sonrojándose respondió —Yo también te quiero, Abuela.

—'Abuela' es "grandmother" en español. Pero llámala 'Abuelita.' Así demuestras respeto y amor—Mamá le explicó a David.

Más tarde ese mismo día, Mamá dijo—Amá,
¿por qué no hacemos tortillas para la cena?

—Buena idea, mi'ja.

¡**Otra** vez esa palabra! David no sabía qué significaba, pero de nuevo, la ignoró. David observó a Abuelita y a Mamá echar la harina en un gran tazón. Mezclaron aceite, agua, sal y otros ingredientes. En poco rato tenían varias bolitas de masa. Con un rodillo formaban cada bolita hasta que parecía una galleta grande y delgada.

Abuelita puso la tortilla en el comal y comenzó a cantar en español. Mamá pronto la acompañó.
—Ay, ay, ay, ay. Cantaban y reían mientras crecía el montón de tortillas. Solas en su mundo, Abuelita y Mamá conversaban en español. David se sintió excluido.

I DON'T UNDERSTAND!...SPEAK ENGLISH! ...
Pour-fah-vorr! —David lloriqeó. Le ardían los ojos.
Por fin, Abuelita se dio cuenta.

—Ay, mi'jo, so-rry—dijo Abuelita, en un inglés que sonaba como español. Envolvió a David en sus brazos para consolarlo. Abuelita y Mamá cambiaron al inglés. Abuelita se esforzaba al hablar inglés. David se sintió mejor. Pero pronto Abuelita comenzó a poner una pizca de español aquí, otra allá. David vio cómo Abuelita usaba mucho las manos al hablar. Observaba sus ojos y su rostro, así David podía entender mejor.

Veía que Mamá pronunciaba cada palabra en español como una melodía dulce y nostálgica. David se emocionó al verla tan feliz.

Cuando llegó Papá del
trabajo,
abrazó a David y a
Mamá. Después,
se apresuró a la cocina
para darle un abrazo a
Abuela.
—¡**Qué** gusto verla!

—Sí, mi'jo—respondió Abuela abrazándolo también.
¡Otra vez esa palabra! Papá sonrió al escucharla,
pero se distrajo con el olor de las tortillas calentitas.
—Mmm… ¿ya me puedo comer una?
—Sí, sí.

Papá tomó la primera tortilla del montón y le pasó otra a David.
—**Mira**, David, así se come. Ponle un poquito de mantequilla, y enróllala.
En un instante la mantequilla desapareció sobre las tortillas calientes.
David trató de enrollar la suya como la de Papá.
Se apresuró a morderla pero la mantequilla
acabó goteando sobre el piso.
Mamá y Abuelita se rieron.

Después de la cena, Abuelita invitó a la familia a jugar lotería. David se quedó confundido. Papá arrimó una silla.
—Sí, vamos a jugar, David. La lotería es el bingo mexicano— explicó Mamá.

David esperó mientras Abuelita repartía las tablas de lotería que llevaban imágenes de personas y artículos conocidos. La baraja pequeña tenía las mismas imágenes. Abuelita explicó el juego.

—¡ESPERA! ... ¡ESPERA, Amá!
Voy a traer frijoles pintos
para cubrir los cuadros—
interrumpió Mamá.
—¿¿¿FRIJOLES PINTOS???—
se burlaron Papá y David

—Así jugábamos la lotería cuando yo era niña—dijo Mamá.
Repartió a cada uno una pilita de frijoles secos.
¡**David** no podía creer que iban a jugar con frijoles!
Estallaron en risas, hasta las paredes retumbaban.
—¿Listos?—preguntó Abuelita...—EL PINO—dijo en voz
alta mostrando la imagen del pino.
—¿¿PEE??... ¡¡NO!!—Papá pronunció la palabra en inglés
con picardía.
Todos se rieron a carcajadas. Abuelita esperó mientras
todos buscaban la imagen.

Después, Abuelita dijo —LA MANO.
—¿La MAH?... ¡¡Noo!!—bromeó Papá. Todos dieron
chillidos de risa, mientras buscaban la mano.

Abuelita continuó con las cartas de lotería. No tardaron
mucho en empezar todos a repetir las palabras en español.
Abuelita sonrió de oreja a oreja. Papá siguió
burlándose y todos siguieron riéndose.

—¡Ay, me duele la panza!—exclamó David.

Cuando terminó el juego, Abuelita abrazó a su nietecito.
—Buenas noches, Dah-VIID JA-JA-JA...bbard. Te quiero, mi'jito.
David sonrió. Esta vez no la corrigió.
—Yo también te quiero, Abuu-lii-tah. Abuelita no le corrigió el español.
—Me divertí mucho hoy. Gracias—dijo David, yéndose a su cuarto.

Mamá entró y se sentó en la cama de David.
—Mamá, ¿eres mexicana?

—Yo nací en Texas, pero mi familia es de ascendencia mexicana. Entonces, soy americana y mexicana.

David se quedó pensando. —Y Papá, ¿qué es él?
—Sus tatarabuelos llegaron de Alemania, por eso él es alemán y americano.

—Entonces… ¿yo soy mexicano?— preguntó David.

—Tú eres americano con ascendencia mexicana y alemana.

—Y, ¿eso es bueno, Mamá?

—Bueno no… ¡ES MARAVILLOSO!—exclamó dándole un beso.

—¡Pero es hora de dormir! Buenas noches, David.

—¡DAVID, NO! **Dah-VIID! Dah-VIID Ja-Ja-Ja-bbard**—respondió David mientras Mamá apagaba la luz.

El Fin

CPSIA information can be obtained
at www.ICGtesting.com
Printed in the USA
BVHW02*1804200818
524304BV00002BA/3/P

9 780997 279016